D1727343

Mary McGirl

Von Carsten Böhn

Buchbeschreibung:

Mary McGirl und andere Erzählungen

Die Sammlung von Kurzgeschichten und Lyrik zeigt alle Seiten des Autorenlebens. Ob es Liebe, Trauer, Angst, Verzweiflung oder Hoffnung ist. Am Ende ist es das normale Leben eines Jeden. Die Macht der Worte ist nicht zu unterschätzen und Carsten Böhn bringt diese Punktgenau zu Ihnen, als Leserin und Leser. Kommen Sie also mit auf diese besondere Reise.

Carsten Böhns erstes Werk entstanden in vielen Jahren ist auch eine Reise in die Geschichte eines Menschen.

Über den Autor:

Carsten Böhn ist nicht nur Verleger im Baltrum Verlag, er liest gerne, er liest viel. Schon in sehr jungen Jahren hat er aber auch das Schreiben für sich entdeckt, weit über das Pflichtschreiben hinaus. Worte sind sein Lebenselixier und begleiten ihn seit jeher. All die Macht der Worte zu erkennen war vielleicht auch mal weniger präsent, doch da waren sie immer.

Carsten Böhn lebt in der Pfalz, er ist verheiratet und hat zwei Kinder.

Mary McGirl

und andere Erzählungen

Von Carsten Böhn

Baltrum Verlag
Weststraße 5
67454 Haßloch

info@baltrum-verlag.de
www.baltrum-verlag.de

Impressum

© 2020 Baltrum Verlag GbR

BV 2012 – Mary McGirl und andere Erzählungen

Von Carsten Böhn

Umschlaggestaltung: Baltrum Verlag GbR

Illustration: Baltrum Verlag GbR

Lektorat, Korrektorat: Baltrum Verlag GbR

Herausgeber: Baltrum Verlag GbR

Verlag: Baltrum Verlag GbR, Weststraße 5, 67454 Haßloch

Internet: www.baltrum-verlag.de

E-Mail an info@baltrum-verlag.de

Bibliografische Information der Deutschen Nationalbibliothek: Die Deutsche Nationalbibliothek verzeichnet diese Publikation in der Deutschen Nationalbibliografie; detaillierte bibliografische Daten sind im Internet über http://dnb.d-nb.de abrufbar.

Die ersten Seiten sind immer die schwersten;

dann fange einfach ein paar Seiten weiter an.

20 Minuten

Zwanzig Minuten mit der Bahn, aussteigen, über den Bahnhofsvorplatz laufen und sich direkt in einem kleinen Café in die Sonne setzen.

Ich schaue mich um und bin in einer anderen Welt.

Ich kann dort Stunden sitzen und werde vermutlich nicht einen Menschen kennen.

In Berlin leben heute so viele Menschen wie vor zwölftausend Jahren auf dem ganzen Planeten.

Wo führt das noch hin?

Im Café

Und währenddessen fällt der Regen.

Meine Hand umfasst die heiße Tasse Tee,
meine Augen kleben an der Scheibe,

an der die Regentropfen vorsichtig

in mein Gemüt hinab tropfen.

Gedankenverloren
sitze ich seit Stunden

an dem Tisch,

in meinen Ohren klingen noch ganz frisch

deine Worte vom Abschied nehmen.

Währenddessen fällt der Regen
sanft auf meine Wunden

und ich beginne zu spüren

irgendwann stehe ich auf,
lasse mich hier so sitzen

und gehe.

Ignoranz

beschert keine heile Welt.

Jetzt ist sie weg

Als Jugendliche

saßen wir

beieinander

und bewerteten die Welt

aus unserer Sicht,

wogen ab

und besprachen uns

was wir anders machen werden.

Wir hatten mit Löffeln die ganze Weisheit

gegessen

und vergaßen doch dabei

alles wird verdaut.

Alt geworden

Ich bekomme dieses Bild

schon seit Wochen

nicht mehr aus dem Sinn,

wie sie vor mir auf dem Tisch lag,

faltig ist sie geworden

und wenn meine rechte Hand sie berührt

fehlt die Spannung auf der Haut.

Die Altersflecken sagen mir deutlich

es ist die Hand eines alten Mannes.

Und als ich aufstehe

wird mir plötzlich bewusst,

es ist meine eigene.

Mary McGirl

Als er die Tür hinter sich schloss, fühlte er eine tiefe Beklemmung in sich. Er war schon oft in fremden Häusern gewesen, bei Lebenden und bei Toten, doch hier war es anders.

Das Haus hatte den Besitzer gewechselt, er kannte ihn noch nicht einmal, nur vom Hörensagen.

Sonderbar, zwischen Möbeln zu stehen, die eigens für diese Zimmer gefertigt, Schubladen zu öffnen, die, karg gefüllt, mehr über ihren früheren Benutzer verrieten, als er es jemals bei überfüllten Schubladen bemerkt hätte.

Diese wenigen Sachen waren eindeutig, verrieten, was sie dachte, wie sie fühlte, wie sie lebte: Mary McGirl.

Gestorben, irgendwann im März dieses Jahres, beerdigt mit all ihren Gefühlen und Gedanken auf einem dieser irischen Friedhöfe, die aussehen, als wären sie selbst begraben; Mary McGirl; begraben, verkauft und vergessen.

Vergessen?

Nein, das wusste er, als er sich in diesem Haus umsah, in dieser gekauften Vergangenheit, in diesem Stück Leben der Mary McGirl, er würde sie nicht mehr vergessen können.

Sie, deren *Fahrausweis der Witwen des Unabhängigkeitskrieges* auf der Fensterbank ein langes Leben ohne ihren Mann verriet, zwei Kinder hatte sie von ihm, großgezogen, weggezogen, ausgewandert?

Nachrichtender Post, unterstrichen, an die Wand gepinnt mit einer Sicherheitsnadel, nicht die einzige, ein Briefkuvert aus Australien und eine kopierte Zeitungsnotiz.

Mary, durfte er sie duzen? Er fühlte sich vertraut, in ihr Leben eingebunden.

Er betrachtete die Wände mit den abgerissenen Tapeten in den torfgeräucherten Zimmern des

Hauses. Eine Urkunde für ihre tausendste Messe in der Gemeinde stach weiß hervor, neben dem Spiegel hing der Rosenkranz, unzählige Heilige und Gebetbilder betrachteten sie bei ihren Alltäglichkeiten, die sie in der Wohnung zu absolvieren hatte, kochen, waschen, baden und warten, warten...

Warten auf einen Anruf aus Australien, eine Nachricht von Sohn oder Tochter. Er sah sie fast, Fotos in der Schublade, ein Negativ im Pocketformat, amateurhaft, mal Beine, mal nur den Boden und dann

einmal auch Mary (war sie es wirklich?) bei einer Hochzeit aufgenommen. Ein Freudenfest, für das sie beten konnte.

Oben im Obergeschoß fünf Betten, Windeln für den Enkel, gerade so, als warte sie auf den Besuch der ganzen Familie. Zeitungen zeigen die Nachrichten aus den letzten Tagen der Mary McGirl.

Bald wird das Haus renoviert, die Möbel werden ausgeräumt und nichts wird mehr an sie erinnern, außer einem Grab auf einem irischen Friedhof und einer kleinen Plakette aus Blech, auf der steht:

Der heilige St. Patrick betet für uns.

Unscharf

Es kann

so entspannend sein.

Die Brille abziehen,

sich mit den Händen durch das Gesicht streichen

und die Welt zu betrachten

wie Monet sie malte.

Alte Briefe

In der Truhe

liegen sie und warten darauf

nach Jahren

wieder einmal gelesen

zu werden.

In den Händen

die alten Briefe,

Gefühle tauchen wieder auf,

die längst vergessen

und ich schaue aus dem Fenster,

einem Gedanken folgend,

flüchtig,

als wäre es nichts.

Angst

Angst davor,

Dir in die Augen

zu sehen,

einfach sitzen zu bleiben

und nicht zu gehen.

Angst,

mich an Dich zu verlieren

und Deinen Gefühlen

nur zuzuschauen.

Die Tüte

Vor geraumer Zeit ging ein Mann

einmal auf einer großen Heide spazieren,

er war derart guter Laune, dass er sogar

den Schmetterlingen Beachtung schenkte.

Plötzlich sah er unter einem Baume sitzend

ein kleines Kind.

Er ging zu ihm hin und setzte sich.

Das Kind hatte eine Tüte in der Hand,

sah den Mann an, lächelte und sagte,

aufmachen, aufmachen.

Der Mann nahm die Tüte und riss sie oben auf

und gab sie dem Kind.

Dies nahm die Tüte, sah sie an, streckte sie dem

Mann hin und sagte, aufmachen, aufmachen.

Der Mann riss die Tüte quer auf und legte

ihr Innerstes bloß.

Es war nichts darin enthalten.

Er gab sie dem Kind,

das schaute hinein,

lächelte den Mann an

und sagte,

zumachen, zumachen.

Der Mann schaute das Kind an, wie es lächelte,

nahm die Tüte und konnte sie nicht zumachen.

Er gab die Tüte dem Kind,

das sah sich die Tüte an und begann zu weinen,

zumachen, zumachen.

Als der Mann das Kind weinen sah, sprang er auf,

riss die Tüte an sich, zerknüllte sie und rannte weg.

Eiszeit

Es wird kälter

in unserem Land.

Und bald schon

werden sich Leute die Hände

wärmen,

an Menschen,

die vor ihren Augen

verbrennen.

Der Kehrer

Ich dachte mir eigentlich schon lange nichts mehr dabei, wenn ich ihn unten auf der Straße stehen sah. Es war ein sich ständig wiederholendes Schauspiel. Jeden Morgen wurde ich stummer Zeuge, stumm, weil mich meine Wohnzimmerfensterscheibe von dem erwachenden Großstadtlärm beschützte.

Die Bäckersfrau, die mir jeden Morgen fünf Minuten später meine Brötchen in meine Hände drückte, lächelte mir ins Gesicht, wenn sie mich am Fenster erspähte. Sie brauchte sich nie zu vergewissern, ob ich am Fenster stand, denn ich stand jeden Tag um diese Uhrzeit am Fenster und schaute nach, obwohl ich doch schon seit Jahren sicher wusste, dass ihr Bäckerladen schon geöffnet war, so wie wir uns insgeheim über diesen Menschen wunderten, obschon er zu dem morgendlichen Erwachen dazugehörte, wieder gerade beginnende Sonnenaufgang. Ihm war es egal, was für ein Wetter herrschte, er war beharrlich und störte sich nicht an Unbilden.

Erst nachdem die Bäckersfrau und ich in unserem gemeinsamen Unverständnis für sein uns befremdendes Handeln letztendlich keine noch so ausgefallene Erklärung bei unserem morgendlichen Begrüßungsschwätzchen mehr heranziehen konnten, wagte ich endlich, ihn einmal direkt zu fragen, und so fieberte ich schon am Abend zuvor diesem Morgen entgegen und war gespannt, wie schon seit den Tagen meiner Kindheit nicht mehr.

Er schien zu wissen, was ich ihn fragen wollte, als ich neben ihm stand, schaute er nur kurz hoch und ich erschrak ein wenig, da mir in diesem Moment bewusst wurde, dass ich ihm vorher noch nie in sein Gesicht gesehen hatte. Er erzählte mir ein wenig von seinem Leben, ohne seine sonderbare Arbeit auch nur für einen Moment zu unterbrechen.

Er erzählte eindringlich von seinen ersten Eindrücken, die er von unserer Stadt gewann und wie erschrocken er gewesen war über die Gleichgültigkeit der Leute über den Schmutz und den Staub, die so still die Straßen beherrschten und ich begann langsam zu ahnen, warum er schon seit Jahren jeden Morgen auf die Straße ging, um sie vom Staub der letzten Nacht zu befreien.

Letzte Woche stand er nicht wie gewohnt morgens auf der Straße und ich fühlte mich seltsam berührt, als mir die Bäckersfrau die Nachricht von seinem Tod erzählte. Sein Bruder hatte ihn am Abend zuvor friedlich in seinem Bett gefunden.

Sein Tod ist jetzt erst drei Tage her, aber ich kann mich morgens beim alltäglichen Herab- sehen auf die Straße des Eindruckes nicht erwehren, dass sie ein wenig leerer geworden ist.

Und ein wenig grauer.

Frühlingsgedanken

Unten am ruhigen See

liegen wir

und folgen unseren

süßen Träumen.

Wenn wir erwachen,

schauen wir uns in die Augen

und lächeln.

Wir stehen auf

und gehen

Hand in Hand

auf geträumten Wegen

und genießen die Welt

unter unseren Füßen.

Eine kurze Geschichte

»Ich denke unser Angebot war fair«, sagte der Finanzmakler, lächelt zu seinem Steuerberater, der Hände reibend dem alten Ehepaar nachsah, die gerade mit hängenden Köpfen aus ihrem Geburtshaus in ein Altenwohnheim umzogen.

Feierabend

Er ging durch die Wohnungstür,

legte seinen Mantel und seine Maske ab,

setzte sich in den bequemen Sessel,

strich sich mit beiden Händen

über sein

leeres,

graues,

ausdrucksloses Gesicht

und begann, seine vier Wände zu spüren.

Die langen Jahre im Leben einer Eintagsfliege

Müde setzt sie sich nieder,

keine Ahnung, wo sie ist,

wohl wissend

sie hat ihr Leben vollbracht

und freut sich auf die Ruhe,

die sie schon zu umwerben beginnt,

während die letzten Schläge ihres Herzens

ihre Flügel leise erzittern lässt.

Erschöpft

und glücklich.

Hoffnung

Ich sitze hier

Und sehe dich,

wie du liest,

und die Worte

ziehen an dir vorüber, wie Züge in der Nacht.

Ich sitze hier

und hoffe, daß du dich

der Worte erinnerst,

wie ich mich an ein Mädchen erinnere,

das mir aus dem Fenster

eines vorbeifahrenden Zuges zugelächelt hat.

Vision der letzten Wache

Sacht zog der Wind durch die kleinen Luken, durch die sie Tag um Tag, Stunde um Stunde gestarrt hatten. Der leise Geruch von Tee durchzog die mickrige, steinerne Hölle, in der sie ihr Dasein fristen mussten.

Schatten flüchteten sich ab und zu in die tiefen Granatlöcher draußen vor den Mauern, brachten etwas Abwechslung in die Einsamkeit der Einöde.

Seine Augen spähten durch die vermoderten Luken und das Bild seiner Frau erschien ihm draußen vor der Mauer. Er erschrak. Sie zwängte sich durch die Luke in den Bunker, er trat einen Schritt zurück, ein leises, anschwellendes Dröhnen begleitete die Worte seiner Frau. Sie lehnte sich gegen ihn, zwei Meter entfernt, als stände dort Glas. Er konnte sie hören, wie sie verzweifelte und ihn nach dem Weiterleben fragte. Er presste beide Hände ans Gesicht und sank in sich zusammen. Seine Frau starrte ihn an, das Gedröhn wurde immer lauter und er konnte ihren Schrei schon gar nicht mehr hören.

Das Licht flackerte, der Tee kippte um und irgendjemand schrie etwas über das Funkgerät.

Die Mauern stürzten ein und die Decke begrub den Tee und ihn unter sich.

Sie waren gelandet.

Verzweifeln

Ich sehe Dich

und hoffe in Gedanken

und liebe Dich in Gedanken

und später merke ich,

ich habe Dich in Gedanken

verloren.

Der Clown

Man sollte sich

nicht zu ernst nehmen,

sagte der Clown

und brach in Tränen aus.

Die letzte Frage

Um auf deine Frage zu antworten, sagte der Junge zum Alten und nahm dabei seine Brille ab, man muss den Tod mit Leben füllen, um sterben zu können. Man muss den Tod mit Leben füllen, um ihn erträglich zu machen.

Blickwinkel

Wenn ich als Kind

auf Schränke kletterte

oder mich klein auf den Boden setzte,

betrachtete ich mit Staunen

eine andere Welt.

Wenn ich das heute als Erwachsener mache,

betrachtet mich

staunend die Welt.

Müde

Ich

bin heute

noch sehr müde.

Wenn Kaffee nicht hilft –

schlafen.

Schlafen

ist auf

Dauer auch keine

Lösung. Mehr Kaffee trinken

hilft.

Hilft

auch das

nicht wirklich, muß

ich an die frische

Luft.

Warten auf die Fähre

Die Menschen harren der Dinge

und bemerken

nach kurzen Momenten der Langeweile,

sie haben Zeit.

Und sie werden, wie sie früher waren,

gehen auf die Straße und spielen

oder lesen,

reden,

machen Dinge,

an die sie schon lange nicht mehr gedacht.

Plötzlich haben Eltern wieder Zeit

und ganz vorne am anderen Ende

der Wagenkolonne

lernt ein kleines Kind

an den Händen seines Vaters

seine ersten Schritte,

von denen keiner so recht weiß,

wohin sie führen werden.

Der Engel

Er ist weg.

Es ist fünfundvierzig Jahre her. Es war das erste und einzige Mal, dass mir meine Eltern erlaubten mit dem Fahrrad in die Grundschule zu fahren. Zu Fuß hätte mir die Zeit nicht gereicht, um pünktlich zu der Beerdigung meiner Urgroßmutter zu Hause zu sein.

Ich kann mich nicht daran erinnern, jemals zuvor den Weg auf dem Friedhof betreten zu haben.

Er stand rechts am Rand, am viertletzten Grab in der Reihe gegenüber dem Mahnmal ‚Für unsere Helden des Weltkrieges‘, wie es auf der Stele steht.

Er bestand aus anthrazitfarbenen Marmor, mit einem leichten Gewand bekleidet und zarten bis sich über die Hüften ziehenden grazilen Flügeln.

Ich stand an diesem Tag das erste Mal vor ihm, sowie die letzten Jahrzehnte danach und wollte einfach nur wissen, ob es ihm je gelingen wird den Strauß schwarzer Rosen auf das Grab zu legen.

Jetzt ist er weg.

Ich gehe auf den Friedhof und sehe, die Reihen lichten sich, die Gräber sterben aus.

Quallen

Ab und zu

muß ich

an den Jungen denken,

der von der Schönheit

einer Qualle fasziniert war.

Entsetzen füllten seine Augen,

als er beim Versuch, sie

näher zu betrachten,

ihre Schönheit

zwischen seinen Fingen

hindurch rinnen sah.

Das vierblättrige Kleeblatt

Mir reicht ein Stück

vom Glück,

sprach der Alleinstehende,

brach sich ein kleines Blatt

und schenkte das restliche Kleeblatt

einem Kind.

Auf dem Spielplatz

Ein Kind fragte einmal ein anderes Kind, ob es denn ein Stück von seiner Schokolade haben könnte. Das schaute zuerst das Fragende und dann die Schokolade an, warf sie auf den Boden und trat sie mit dem linken Fuß in die staubige Erde.

„Aber gerne doch", sagte es mit einem freundlichen Lächeln, „nehme sie, sie gehört dir."

Danach drehte es sich um und ging.

Rückspiegelansichten

Die, die in den Spiegel

schauen

sind der festen Überzeugung

sie blicken stets geradeaus

und sehen doch

die ganze Zeit nur

das was hinter ihnen liegt.

Ende des Wartens

Der Friedhofswärter schaute auf die Uhr, täglich um diese Stunde kam die alte Frau durch das Haupttor des Friedhofes, seit Jahren schon.

Er schaute wie nebenbei auf den Eingang, unbewusst - wie jeden Tag – und sah sie kommen, klein, von der Last der Einsamkeit gebeugt. Sie lief langsam, hatte Zeit, musste den halben Friedhof überqueren, verharrte vor dem Grab ihres Mannes, den sie vor dreißig Jahren verlor, nach vier Jahren Ehe und zwei Kindern, die schon lange aus dem Haus, aus ihrem Leben zogen. Den Friedhofswärter beklomm ein eigenartiges Gefühl, als er die Frau heute sah. Sie sah aus wie immer, ging, nach kurzem Gruß, ihren Weg wie jeden Tag und doch war es heute anders.

Nach der üblichen Stunde, die sie Blätter zupfend, gießend, ordnend und für seine Seele betend am Grab zubrachte, drehte sie sich wortlos um und wand sich dem Ausgang des Friedhofes zu.

Auch heute ging sie schweigend am Wärter vorbei, der täglich um diese Zeit von der Gärtnerei zurückkam, sie kurz anlächelte und ihr dabei zunickte.

Sie lief ihrem Alter entsprechend vorsichtig die Straße entlang, drehte sich auf halben Weg plötzlich um und setzte sich auf eine Bank vor dem Friedhof. Am Abend saß sie immer noch dort und der Friedhofswärter, der gerade das Haupttor zuschließen wollte, wunderte sich nicht, als er sie zärtlich beim Namen rief und keine Antwort erhielt.

Heute hatte es sich nicht gelohnt nach Hause zu gehen, es war besser, hier zu warten, einfach hier zu sitzen und zu warten.

Gedanken

Gedanken,

verlorene, geschundene,

flüchtige Gedanken,

die mich verfolgen.

Vergessen geglaubte

Gedanken.

Verdrängt, um mit mir allein sein zu können,

tauchen wieder auf,

immer wieder,

warten

auf ihr Recht.

Wie nahe

Wie nahe kann das Land sein,

in das zu gelangen

man sich ein ganzes Leben wünschte.

Mit all den Liedern

zum Mut ansingen

steht man kurz vor seinem Ziel,

sieht das Land

zum Greifen nahe;

nur noch einen einzigen Schritt

und drückt sich doch nur seine Nase platt,

an der Glasscheibe seiner eigenen Gefühle.

Mit Kindesaugen

Die ausgestreckte Hand

hielt ein paar von ihnen

auf dem Weg nach unten auf,

Schneeflocken,

die weiß und sanft

vor staunenden Kinderaugen

wie Illusionen zerflossen.

Sehnsüchtig

Und ich wünschte mir

ich sitze am Meer.

Den Geruch der See

und das Rauschen der Brandung,

im Sonnenuntergang auf den Klippen

raubt mir der Wind eine Erinnerung an Dich

und trägt sie vielleicht

zu Dir

in Deine Träume

die Du schon so lange

ohne mich träumst.

Rote Klinker auf Baltrum

Die roten Klinkersteine würden ihr mit Sicherheit gefallen. Mit einer Kanne Tee in der Sonne zu sitzen, sich den seichten Wind um die Nase wehen zu lassen, würde sie vermutlich auch nicht daran hindern in ihrer dicken Jacke vor sich hin zufrieren.

Und doch würde sie diesen Moment, begleitet vom geliebten Geschrei der Möwen, in sich aufsaugen.

Wir werden wiederkommen.

Glück

Für manche Leute

ist die Abwesenheit von Pech

schon

Glück.

Klassik

Er saß auf der Wohnzimmercouch, stets im Hemd, grauen Anzug und Krawatte. »Auch du wirst die Klassik lieben, du bist ein Böhn, wir alle lieben die klassische Musik.«

Wie konnte er nur derart stur und stolz davon überzeugt sein. Was mich am meisten störte, war seine ruhige von sich überzeugte Art, wie er so dasaß und er es sagte. Ich dachte mir meinen Teil, ich hörte Beatles, die alten Genesis, Yes und Led Zeppelin. Da war kein Platz für – klassische Musik.

Ich weiß nicht mehr, wie wir auf das Thema kamen, ich weiß auch nicht mehr wie wir damals auseinandergingen, doch der Satz »Du bist ein Böhn«, der blieb haften. Wie konnte er nur.

Ein gutes viertel Jahr später stand ich mal wieder an seiner Haustür und hatte geklingelt, er machte die Tür auf, sah mich und ich fragte »Opa, hast du die Moldau von Smetana da?«

Er sah mich ruhig an, drehte sich um und ging direkt ins Wohnzimmer an den alten Eichenschrank, öffnete die Schranktür und griff, nur mit einem leichten Zögern, zielsicher eine seiner schwarzen Vinylplatten aus dem Schrank und legte sie auf.

Wir hatten das Stück an diesem Tag in der Schule gehört und es hielt mich gefangen. Ich saß an seinem schweren eichenen Schreib- tisch, den Kopf auf meinen Armen, die Augen zu und lauschte dieser Musik,

er,

er saß auf der Wohnzimmercouch, wie immer im Hemd, grauen Anzug und Krawatte, sah zu mir rüber und dachte wahrscheinlich

»Du bist doch ein Böhn.«

Deine Stimme

Fühle mich nicht gut,

möchte raus

an die Luft, ans Licht

und die Sterne spüren

in einer klaren kalten Nacht.

Nehme den Hörer und lausche

deiner Stimme.

List to do before I die

Nachfolgend die Liste

der Dinge, die ich noch tun möchte

bevor ich sterbe

Leben.

Kindesdank

Der Tag geht seinem Ende zu.

Der erste Tag eines neuen Jahres.

Und wenn schon,

denke ich,

ein Tag wie jeder andere,

und doch denke ich über das vergangene Jahr nach,

denke an die Geburt der Kinder

und fühle,

dass auch sie nie danke sagen werden.

Und weiß doch genau,

dass sie keine Worte brauchen,

Kinder sagen danke, indem sie

einfach bei uns sind.

Nichtschwimmer

Wie versucht ein Nichtschwimmer

im Fluß des Lebens

Land zu gewinnen?

Er spielt toter Mann und

wartet auf seine Stunde.

Menschliche Ellipse

Der Anblick der Grastapete umnebelt seine Sinne. Er wünschte sich sehnlichst die Erde zu berühren, auf der sich seine Großväter befanden und ihr Leben gelebt, gesät und geerntet hatten.

Er gerät ins Träumen und vernimmt ganz leise eine Stimme.

Was hat sie gesagt?

»Ich sagte, höre mir zu, du willst gehen, aus der Wärme der Hände entfliehen, die dich gewaschen, gezogen und geschützt haben. Du willst dich entfernen von deinem Zuhause, dich aufmachen die Natur kennenzulernen, so kennenzulernen, wie sie deine Ahnen kannte. Du willst mit Blüten, Früchten und Wäldern Kontakt haben, willst sie genießen und durchstreifen, willst den Vögeln nacheifern und den Rehen. Du willst, nein, du wirst über Heide und Sümpfe gehen, kehrst ihnen die Brust zu, willst sie einatmen, sie einverleiben, beobachtend die Berge bewundern und klares Quellwasser trinken. Dich in Seen tummeln und die Gräser der Wiesen zählen. Du wirst die Sprache der Tiere und sie verstehen lernen. Deine Kinder werden dich bewundern müssen, wie du deine Hände schindest, um sie zu waschen, zu ziehen und zu schützen. Du wirst die Erde roden, entsteinen und umwühlen, sie neu bepflanzen, säen und ernten.

Du wirst Tiere schießen und Bäume fällen, Wiesen bebauen und aus Heide Felder machen. Du wirst Auen und Moore brachlegen, du wirst die Berge behauen. Du wirst Leute locken, denen dein Leben gefällt und die es annehmen werden. Sie werden Industrie bilden und deinen Kindern deine Heimat wiedergeben.

Warum bist du losgezogen?«

Die Stimme verstummt, der Nebel schwindet und er schaute aus dem Fenster.

Im Spiegelsaal

Wenn Du wissen willst,

was Dein Leben ist,

sagte der Alte zum Jungen,

dann bist Du wie der Mann

im Spiegelsaal,

der sich in den Spiegeln erkannte

und jeden Spiegel zerschlug

und am Schluss in der

Bedrängnis

der Mauern zu Grunde ging,

anstatt sich in den Spiegeln

in die Augen zu schauen,

sich zu erkennen und

mit den Spiegeln zu

leben.

Der Wunsch

»Ich wünsche dir ein Leben wie eine Feder.«

»So gerupft?«

Erzählung eines Freundes

Stellt euch vor, ich wurde geboren als... und habe meinen Namen vergessen.

Lange Straßen, deren Ende ich immer zu erkennen vermochte oder schien es mir nur so im Spaziergang auf der Aschenbahn, verstrickt mit mir selbst, beging ich ohne zögern, doch meine Erfüllung lag im Straßengraben.

Meine Kinder konnten mir nicht helfen, sie waren zu jung und ihre Mutter eine vage Hoffnung, wenn ich sie jemals zwischen der Welt und mir gefunden hätte.

Am Abend ging die Sonne strahlend ihrem Untergang entgegen, ihren Mut wollte ich je besitzen. Stellt euch vor, ich wurde gestorben... und ich weiß ihn immer noch nicht.

Wiedersehen

Ich versinke in meinen

Erinnerungen,

entdecke Gefühle,

die ich nie besaß,

stelle mir vor, was hätte sein können,

begriff ich damals nur,

was ich bis heute nicht wusste.

Und wieder träume ich.

Die Träume vergangener Zeit

erwachen immer wieder.

Cashew

In den letzten Jahren lässt es sich nicht mehr verleugnen. Nachdem mein jüngster Sohn schon 18 Jahre wurde, kann meine Gewichtszunahme nicht mehr mit Sympathieessen während der Schwangerschaft seiner Mutter zu tun haben.

Darum hatte ich jetzt die geniale Idee, wenn ich schon dauernd abends etwas in den Mund schieben muss, dann lutsche ich ab sofort Cashewnüsse. Da habe ich wenigstens etwas davon. Das dauert nach meine ersten Erfahrungen doch ganz schön lange, bis ich sie so weich gelutscht habe, dass wirklich nichts mehr geht. Nur manchmal, beiße ich sie reflexartig durch und zermalme die Nuss. Das muss ich mir wirklich abgewöhnen, damit ich nicht die ganze Packung dafür benötige, mir das Lutschen anzugewöhnen.

Wer keine Cashewnüsse mag, kann es auch mit Macadamia oder Haselnüssen probieren.

Funktioniert auch.

Weit draußen

Ich bin draußen

auf der tiefblauen See

alleine

in meinem Boot

und sehe rings um mich herum

nur die Weite des Meeres

und den Horizont.

Da wird mir ganz deutlich

bewusst

wie wichtig ich wirklich bin.

Von Angesicht zu Angesicht

Du sahst mir in die Augen

mit Deinen großem schwarzen Augen.

Du sahst so ernst aus und gespannt,

als Du mich fragtest, ob ich Angst

habe.

Und ich blickte Dir tief

in Deine Seele

durch Deine großen schwarzen Augen

und ich fragte mich, warum Du uns dies

nicht einfach ersparst.

Ich war gespannt auf Dein Erschrecken,

als ich

zum ersten Mal in meinem Leben mir sicher war
und

ja sagte.

Stumme Gedanken sind so kraftlos

Verloren, vergessen, aufgebraucht.

Jetzt, da ich sie brauchen könnte,

stelle ich fest,

wie tief in mir

meine Gefühlen für dich verborgen sind.

Jetzt, da ich sie brauchen könnte,

spüre ich, wie fremd wir uns doch sind.

Jetzt, da ich sie brauche.

Mit der Mütze meines Vaters auf dem Kopf

sitze ich hier

und denke, denke…

…und habe wieder einmal

das Reden verlernt.

Sonntagmorgenerwachen

Das letzte Licht des Mondes wurde gerade von der beginnenden Dämmerung überspielt. Die Ruhe der Landschaft schien förmlich aus den weit geöffneten Poren des Bodens zu sprießen. Es war ein Sonntag und das ganze Land schien es weidlich auszunutzen. Den ganzen Weg über, und es ist eine recht lange Fahrt über die gewundenen Straßen mit den beidseits grünen Hängen, begegneten mir die Tiere, die bemerkten, dass für die Menschen Sonntag war.

Sie schienen die Ruhe ebenfalls zu genießen, eine Ruhe, die mich vollends zu durchdringen begann. Ich spürte sie förmlich durch meine Haut, wie sie langsam, unaufhaltsam von mir Besitz ergriff. Ein Gefühl, das mir behagte. Die Straßen der Stadt lagen verlassen da, der Staub hatte Zeit und nichts deutete darauf hin, dass sich dies ändern könnte.

Lag es daran, dass es ein Sonntag war, oder hatte ich einfach das Verlangen, die beginnende Ausgeglichenheit zu vervollkommnen?

Vor mir das Gotteshaus, ein alter Bau, die Steine wussten von Jahrhunderten zu erzählen, sie zogen mich in ihren Bann. Sie drückten eine Ruhe aus, wie ich sie sonst nirgends so zu empfinden lernte. Der nackte Stein, ungeschützt, strahlte eine Sicherheit aus, ein Gewicht, das einen erdrücken könnte. Faszination erfasste mich, nahm gänzlich Besitz von mir. Der schwere Griff des eisenbeschlagenen hölzernen Eingangsportals in der Hand festigte meinen Entschluss, diese Kirche zu betreten. Kühl und feucht war es in ihr, meine Augen durchdrangen die plötzlich eingetretene Dunkelheit recht mühsam nur.

Ich nahm auf einer der vielen Bänke Platz, schloss die Augen und wurde ganz Frieden mit mir selbst. Das Gefühl des Morgens hatte mich endgültig durchdrungen und ich genoss die Schwerelosigkeit der Seele. Meine Gedanken streiften so manch schöne Erinnerung, wie nebenbei, unbelastet von den Sorgen, die der Staub der Straße aufzuwühlen pflegte.

Die Mauern, die mich umgaben, schirmten alles von mir ab, was draußen auf mich wartete. Die langsam erwachende, lärmende Stadt erreichte mich nicht.

Ich weiß nicht mehr, wie lange ich auf der Bank saß, ich musste wohl eingeschlafen sein. Das Glockenspiel der Kirche war es nicht, das mich aufweckte, ein eher ungewöhnliches Geräusch erregte meine Aufmerksamkeit. Ein Schatten bewegte sich langsam und ich sah einen Priester ohne Gemeinde am Altar in Tränen versinken.

Dein Schatten

Ich habe Deinen Schatten

gesehen,

Dich gespürt,

Dir in die Augen gesehen

und wir brauchten keine Worte,

um uns zu verstehen.

Ich habe von Dir geträumt.

...leider nur geträumt.

Geborgen am Ende ihres langen Weges

In
den Augen
von alten Menschen
sehe ich oft viele
Ängste.

In
den Augen
von alten Menschen
sehe ich oft viel
Traurigkeit.

In
den Augen
von alten Menschen
sehe ich sehr viel
Leben.

Ein
Lächeln, eine
Hand und das
Gefühl keine Last zu
sein.

Das
ist ein
Trost für viele
Augen, gibt Kraft zu
gehen.

Morgenfall

Er öffnete die Tür und hörte die uferbenagenden Wellen des nahen Meeres. Er lief hinaus und fühlte sich fallen. Seine Hände krallten sich am Rahmen der Tür fest, als er von oben herab eine männliche Stimme vernahm, die ihn aufforderte seine Hand zu halten.

Er war glücklich, die ihm gereichte Hand zu ergreifen und seine Rettung vor sich zu sehen. Er fühlte den Schmerz, als er die brechenden Finger hörte, losgelassen wurde und halb wahnsinnig vor Verwunderung begann, die Sekunden zu zählen.

Ansichtssache

Mit Bewunderung

betrachten die Menschen

den Flug der Schmetterlinge,

wie diese zarten, sanften Wesen

scheinbar wirr in der Luft flattern

und doch irgendwie immer ihr Ziel erreichen.

Mit Verwunderung

betrachten die Menschen

mich, wenn ich nur teilweise so laufe,

wie Schmetterlinge fliegen.

In allen Sprachen

Überall auf unserer Welt hörte man nur ein
einziges Wort.

In allen Sprachen dieser Erde: Krieg.

Männer zogen in den Krieg und ließen ihre Frauen
und Kinder zurück.

So standen sie sich gegenüber, bereit, jederzeit auf
sich zu schießen.

Die Welt zitterte vor dem ersten Schuss.

Hunderttausende von Frauen nahmen
hunderttausende von Kindern...

...und warfen sie gut geschützt mit
hunderttausend Fallschirmen

über den Schlachtfeldern ihrer Männer ab.

Hunderttausende von Kindern lagen zwischen den
Fronten und begannen

zu schreien,

sie schrien vor Angst, vor Hunger nach Frieden,
doch ihre Väter hielten sich

verzweifelt die Ohren, denn sie waren hier um zu kämpfen.

Nach Stunden, nach Tagen, nahmen hunderttausende von Vätern ihre

Kinder und gingen von den Feldern...

...hunderttausendfach zu den Müttern ihrer Kinder zurück.

Überall auf unserer Welt hörte man nur ein einziges Wort.

In allen Sprachen dieser Erde: Frieden.

Graue Augen

In deinen grauen Augen
bin ich tief versunken
wie in einer anderen Welt,
deren Kälte mich abschreckt,
den einen Schritt zu tun;

wenn auch nur, um mich
nicht selbst zu verlieren.

Die Marionette

Endlich,

nach all den Jahren,

ist die Zeit gekommen,

um meine Fäden selbst

in den Händen zu halten.

Doch habe ich jetzt keine Hand

mehr frei,

das anzupacken,

was ich mir damals wünschte.

Im Schnee

Die alte Frau saß am Fenster im fünften Stock des Hauses und sah zwischen den braunen schlichten Fassaden auf die durch und durch mit Schnee bedeckte Straße hinab. Unten lief ein in einen braunen Mantel Gehüllter, langsam und scheinbar frierend, gebückt die Straße entlang. Der Atem der alten Frau schien das einzig lebendig Sichtbare. Der Langsame schritt von der Mitte der tiefliegenden Straße auf eines der Häuser zu und entzog sich dem suchenden Blick des weißen Atems.

Der Frierende entblößte eine seiner Hände und betätigte eine der vielen Klingeln am braunen Haus. Nach verschiedenen Versuchen hörte er eine lautlose Stimme aus dem Lautsprecher. Er drehte den Kopf und sprach ein paar Worte und begann auf die Öffnung der Tür zu warten. Seine andere Hand versuchte durch Rütteln an der Tür etwas nachzuhelfen, was ihr aber nicht gelang.

Lautlos, still.

Wieder klingelte der Gebückte und abermals antwortete die lautlose Stimme. Und wieder sprach er ein paar Worte, während er der alten

Frau den Kopf zuwandte und erst gar nicht versuchte, etwas durch ein Rütteln zu erreichen.

Während sich dies noch zweimal wiederholte, begann es in der Straße zu schneien, als sich plötzlich die Tür öffnete und die lautlose Stimme verstummte. Er durchschritt den Türbogen und stand auf der Straße.

Die alte Frau saß am Fenster im fünften Stock des Hauses und sah zwischen den braunen Fassaden auf die durch und durch mit Schnee bedeckte Straße hinab. Unten lief ein in einen braunen Mantel Gehüllter, langsam und scheinbar frierend, gebückt die Straße entlang und verfolgte seine Spuren. Der weiße Atem verlor ihn bald aus den Augen.

Fallsucht

Entsetzen

packte den Alten,

als er

die Zeit

zwischen seinen faltig gewordenen Fingern

davon rinnen sah.

Und es wurde ihm bewusst,

dass kein Mensch

rennen kann,

um sein Ziel zu erreichen,

wenn er es selbst ist,

der sich Knüppel zwischen die Beine wirft.

Einfach zu Hause

Arme alte Frau,

sitzt in deinem Stuhl

und hörst das gähnende Ticken

deiner Küchenuhr.

Vorgestern

und gestern

und heute

und...

Es kommt keiner mehr

dich zu besuchen,

so wie damals, als du nicht mehr wusstest,

dass man sich auch über jemanden freuen konnte,

dass es Menschen gab, denen es wichtig war,

dich zu sehen,

dich zu leben,

einfach sich bei dir zu Hause fühlen zu können.

Wiedergefunden

Lange verschüttet auf dem Friedhof der Gefühle

lagst du,

begraben unter all den

Enttäuschungen

die ich in der Zwischenzeit

erlitten.

Jetzt hoffe ich,

dass du nie wieder

dorthin,

in dein Grab,

zurückkehren wirst,

selbst dann nicht, wenn ich begraben bin.

Ein Abend

Wieder so ein Abend.

Mit einem Glas Cognac in der Hand

prostet mir einer im Spiegel zu.

Kaum zu glauben

was ich höre:

nichts.

Versinke in mich selbst,

lasse mich los

und hoffe insgeheim

doch

wieder nur

einfach auf die Füße zu fallen.

Dolphins in deep blue sea

Die weiße Gischt am Bug unseres Bootes verdeutlichte mir den Kontrast zu diesem leuchtenden blauen Wasser des Atlantiks rund um Madeira.

Wir fuhren hinaus auf die ruhige See und suchten in dieser endlosen Wüste voller Wasser - wussten nicht ob und was wir finden würden.

Wir waren bestens versorgt, hatten mehr als genügend Platz, Getränke, Essen und lernten den ein oder anderen Fremden näher kennen und unterhielten uns, um die Zeit und die aufkommende Langeweile zu überbrücken, und sie kam, trotz dieser faszinierenden Umgebung.

Als das Boot den Kurs abrupt änderte, bemerkten wir nach dem Zuruf des Kapitäns sie plötzlich auch, das Wasser des Ozeans war an einer Stelle unruhiger und als wir ein Stück näher kamen, sahen wir zuerst die Heckflossen der ersten Delphine.

Eine ganze Schule mit einigen Jungtieren eroberte sich die See und sprang voller Spielfreude und Übermut aus dem Wasser. Trotz ihrer Verspieltheit hielten sie ihr hohes Tempo bei und nach ein paar Minuten hatten wir sie wieder aus den Augen verloren; in dieser tiefen Weite des blauen Atlantiks.

Da waren wir wieder alleine mit unserem Boot.

Ich stand am Bug, schaute nach vorne und konnte es kaum fassen, dass wir Menschen es nicht schaffen bei der Größe der See, diese Tiere im Meer in Ruhe zu lassen und nicht ihren Lebensraum als unsere Müllkippe zu missbrauchen.

Auch schon gemerkt

Die Erkenntnis eines Safarireisenden, der nach tagelangen Strapazen einen Elefanten in freier Wildbahn endlich zu Gesicht bekommen hatte.

»Ach, der sieht ja genauso aus, wie der im Zoo.«

Langsam

Langsam

wird es Zeit,

dass ich etwas Land gewinne,

dachte der Schwimmer,

während er unterging.

Geborgen

Meinen Kopf

auf Deinem Schoß

liege ich hier,

schließe die Augen

und höre den Wind

in den Bäumen

unseren Traum erzählen.

Kinderlachen

Ich kann traurig sein

und traurig aussehen,

traurig wirken und niedergeschlagen,

aber nicht derart,

dass ich nicht doch ein Lächeln verspüren könnte

für die Zärtlichkeit

eines Kindes.

Ansichten

Vor kurzen musste ich an unseren alten Physiklehrer denken, der uns das Thema Ansichten und die Möglichkeit des permanten Wechsel einer Ansicht drastisch vor Augen führte.

Wir waren damals in der achten Klasse und altersbedingt sehr von uns überzeugt. Wir, wir wussten, um was es ging, hatten unsere Meinungen über fast alle wichtige Themen, waren aufgeschlossen und diskussionsfreudig und felsenfest überzeugt, dass, wenn wir uns einmal zu etwas entschlossen hatten, es auch überwiegend dabei blieb. 14 und 15 Jahre halt. Im besten streitbaren Alter.

Er kam in den Physiksaal und stellte einen überdimensionalen Glaskolben auf den Tisch, drückte jedem Schüler in der ersten Reihe je einen fast faustgroßen Kiesel in die Hand und forderte uns auf nacheinander die Kiesel vorsichtig in den Kolben zu legen. Nach relativ kurzer Zeit konnte ein Schüler keinen Stein mehr in den Kolben legen, ohne das er überfüllt gewesen wäre. Unser Lehrer brach ab und stellte die simple Frage, ob der Kolben nach unserer Meinung jetzt voll sei. Wir schauten uns fragend ohne Verständnis in der Klasse um, bis sich einer endlich ein Herz fasste und feststellte, es sei ja offensichtlich, dass der Kolben voll sei und kein weiterer Kiesel mehr in ihm Platz finden würde.

Unser Physiklehrer stand vorne am Pult und ließ sich dies von der gesamten Klasse bestätigen, wir schüttelten nur verständnislos den Kopf und fragten uns ernsthaft, was ihn gerade so geritten hatte, einen derartigen Schwachsinn hier abzuziehen.

Er griff unter das Pult und holte einen Sack wesentlich kleinerer Kieselsteine hervor und begann diese vor unseren Augen in den Glaskolben zu leeren. Er passte vollständig in den Kolben. Er schaute zu uns und fragte, ob der Kolben jetzt wirklich voll wäre, wir mussten unsere vorherige Meinung logischerweise ändern und stimmten der neuen Tatsache einstimmig und leicht irritiert zu.

Er stellt sich vor den Kolben und erklärte uns, er sei der Meinung, der Kolben sei nicht voll. Wir widersprachen, da offensichtlich kein Platz mehr zwischen den Steinen für weitere waren. Er drehte sich nach einer für uns sinnfreien fünfminütigen Diskussion um, ging hinter das Pult und holte einen Sack voll feinsten Sand hervor und leerte ihn langsam aber sicher komplett in den Kolben.

Aber jetzt ist der Kolben sicher voll, war die Meinung der Meisten. Der eine oder andere Skeptiker wurde leise verlacht, wenn er seine Zweifel anbrachte, aber auch keinen Rat wusste, ob das nun so sei. Offensichtlich passte nun wirklich nichts mehr in den Kolben, in dem man die großen Kiesel nicht mehr ganz sehen konnte. Unser Physiklehrer stand ein wenig abseits und schaute in aller Seelenruhe dem Trubel zu. Er ließ nach 10 Minuten die Klasse abstimmen und wir waren nicht mehr einer Meinung, wenn auch die überwiegende Mehrheit dafür stimmte, dass der Kolben nun wirklich voll sei.

Er stellte sich vor die Klasse und stellte rückblickend fest, wie oft wir in der letzten halben Stunde unserer Meinung über den Inhalt und Zustand des Kolbens gewechselt hatten, obwohl wir doch vorher so sicher waren.

Er drehte sich um, ging zum Waschbecken und füllte eine mitgebrachte Karaffe voll mit Wasser und leerte sie vor unseren staunenden Augen in den Glaskolben, bis der Pegel oben am Rand stand und überzulaufen drohte.

»Jetzt ist er voll«, sagte er und entließ uns ohne weiteren Kommentar in die Pause.

Neunter November

Gedanken wachsen langsam

zu Taten,

brauchten ihre Zeit.

Die Augen der Welt betrachten

das Geschehen,

glauben kaum, was sie sehen.

Sie sind fast blind geworden

in den langen Jahren des

untätigen Zuschauens.

Allein

Bei dreien

sind zwei zu viel,

sagte der Außenstehende, drehte sich um,

ging seines Weges und blieb

was er war.

Am Schreibtisch

Wenn ich hier sitze

und darüber nachdenke,

dass Du gar nicht einmal weißt,

dass Du

meine Gedanken bestimmst,

dann könnte ich

meinen Kopf in

meine Hände legen

und traurig werden.

Die Flötenspielerin

Und wenn schon bei niemanden anderen,

bei Ihr konnte er sich seiner sicher sein.

Schon seit Jahren wartete sie,

selbstversunken

in ihrem eigenen Spiel,

wartete

nicht nur

dass er als einziger ihrem Spiel lauschte,

wartete,

daß er sie endlich mit sich

nach Hause nahm.

Die Flötenspielerin ist eine Bronzefigur in den Lauerschen Gärten in Mannheim.

Vereinsamung

Ruhe

umgibt mich vollends

in dieser Dunkelheit.

Hier sitzend versuche ich,

meine Gefühle

frei laufen zu lassen,

doch sie haben sich,

in all den Jahren

des Anmichgebundenseins

an mich gewöhnt.

Ein Stein

Laß mich ein Stein

auf Deinem Weg

sein.

Am besten einen über den

Du stolperst,

den Du Dir ansiehst,

einsteckst und

mitnimmst.

Der Duft der Rose...

...begleitet uns seit der Geburt.

Staunend stehen wir vor den kleinen Kindern
und begreifen nicht
was uns in die Wiege gelegt.

Fassungslos erleben wir
den Verlust des Lebens;
geben die Rosen
mit ins Grab

und behüten den leisen Duft
in den Erinnerungen.

Sehnsucht

In Deinen Händen träumen

zu können

und zu spüren,

wenn ich die Augen öffne,

Dich zu sehen.

Fröhliche Vajnacht

Es ist eine Art von Tradition am Samstag des letzten Adventswochenendes in die Stadt zu fahren, sich in ein Café oder sonst wo hinzusetzen und sich den ganzen Trubel und die Menschentrauben anzuschauen, die die letzten Gelegenheiten versuchen am Schopfe zu packen und doch noch ‚das Geschenk' zu ergattern.

Vor fünf Jahren fiel er mir das erste Mal auf, wie er da saß, mit seinen ausgestreckten Beinen auf einer grünen Isomatte für die Wärme von unten und mit dem Rücken an einem der braunen Pflanzenkübel lehnend, mit seinem braunen 70 er Jahre Parka und mit seiner mit billigem Whisky befüllten Flachmann für die Wärme von innen.

Er war immer nur am letzten Adventssamstag hier in der Stadt, saß auf seiner Matte und kämpfte insgeheim gegen die Konkurrenz von der Kriegsgräberfürsorge, dem Weißen Kreuz und dem Müttergenesungswerk an. Die vier standen immer dort, wobei er immer still da saß mit seinem abgegriffenen braunen Pappkarton auf dem groß mit blauen Edding ‚Fröhliche Vajnacht' geschrieben stand.

Ich habe in all den Jahren nicht einmal mitbekommen, dass er je etwas in seine Mütze gelegt bekommen hätte, alle Jahre wieder saß er da und gehörte zum Advent.

Auch dieses Jahr waren sie wieder da, die Kriegsgräberfürsorge, das Weiße Kreuz und das Müttergenesungswerk.

Nur sein Platz blieb dieses Jahr leer.

Fröhliche Vajnacht. Es fiel in dem ganzen Trubel vermutlich niemanden auf.

Älter geworden

Früher,

als ich noch klein war,

legten sie mir immer ein Kissen unter,

wenn ich mich an den Tisch setzte.

Heute bin ich alt genug,

dass sie es mir wegziehen;

samt dem Stuhl.

Zu reden verlernt

Ich sitze hier

und höre die Worte

an mir vorüberrauschen

und kann nichts

von dem begreifen.

Die Einsamkeit

ist die Welt der Stummen.

Was ich mir wünsche?

Ein Paar zärtliche Hände, die auch fester

zupacken können,

wenn ich ins Straucheln gerate.

Ein Paar Augen

in denen ich versinken kann.

Einen gleichmäßigen ruhigen Atem,

der mich in meinen Träumen begleitet

und die Wärme,

wenn ich morgens erwache.

Was ich mir wünsche?

Einfach einen Menschen.

Einfach...

Erfahrung eines, der zu leben versucht

Das Gras beugt sich unter seinen nackten Füßen,

eine weite grüne Fläche,

vom Wind bewegt,

die nicht zur Ruhe kommt.

Seine Schritte sind gleichmäßig

wie die Brandung des Meeres.

Er sieht am Rande der Klippe

unter seinen Füßen

die unruhigen Wellen,

wie sie gegen die Felsen ankämpfen

und er spürt,

dass er sich ebenso fühlt

und er weiß,

dass er genau wie das Wasser

nicht zur Ruhe kommen wird,

ebenso wie das gebeugte Gras,

das sich wieder aufgerichtet hat,

um sich erneut gegen den sanften Druck des Windes

aufzubäumen und nicht nachzugeben.

Er setzt sich

und weiß,

dass es ihm genauso ergehen wird,

sollte er auch nur versuchen

zu leben.

Lebensfreude

Vor lauter Angst,

unsere Freude am Leben zu verlieren,

werden wir ruhiger,

vorsichtiger,

abwartender,

taktierender...

...schon zu spät.

Eine Erfahrung

Einfach toll, sprach der Mann, der sich zwischen zwei Stühle setzte, so verliere ich wenigstens nicht den Boden unter den Füßen.

Das Abituriententreffen

Er holte sich sein weißes Hemd mit der schwarzen Rose als Markenzeichen aus dem Schrank, das passte sehr gut zu seiner anthrazitfarbenen Anzughose und seiner dunkelblauen leicht gemusterten Krawatte. Frisch rasiert, sein gutes Aftershave, er fühlte sich wohl und freute sich mal wieder auf den Abend mit seinem Abschlussjahrgang.

Er nahm sich ein Taxi, er konnte schon seit mehr als zehn Jahren nicht mehr Auto fahren und überwand damals seinen Stolz, um seinen Führerschein abzugeben. Die paar Male, wo er noch ein Auto benötigen könnte; das hat er gelernt, wie es auch anders ging. Sie trafen sich seit fünfzig Jahren immer in der gleichen Wirtschaft im Nebenzimmer. Als sie sich das erste Mal trafen, war es zum fünfundzwanzigjährigen Jubiläum, Hannes hatte damals die Idee und die Energie alle Adressen über das Einwohnermeldeamt ausfindig zu machen, alle anzuschreiben und ein Hotel zu finden, das über die ausreichende Zahl an Betten verfügte, einen ausreichend großen Nebenraum besaß und auch bereit war auf die nächsten Jahre alles im vorab zu reservieren. Er war, wie Hannes einer der wenigen, die damals noch in der Nähe lebte.

Der Wirt hatte in der Zwischenzeit schon viermal gewechselt, der Namen des Restauranthotels ebenso, die Tradition wurde jedes Mal mit übergeben und beibehalten. Der Wirt begrüßte, mit einem Glas trockenen Winzersekt aus der Region, übergab die Zimmerschlüssel, danach ging es in das Nebenzimmer, wo den ganzen Abend lang Musik aus ihrer Jugend im Hintergrund lief. Er setzte sich ins Nebenzimmer, trank zu seinem Rinderfilet über den Abend drei Gläser Hefeweizen mit einer Scheibe Zitrone und hing seinen Gedanken nach. Später ging er nach oben schlafen.

Am nächsten Morgen beim Frühstück, fragte ihn der Wirt, ob er nächstes Jahr wiederkomme, das fragte er seit Jahren schon so. Er nickte, bezahlte seine offene Rechnung und bestellte sich ein Taxi für nach Hause.

Im letzten Jahr waren sie noch zu dritt, in diesem Jahr ...

Am Ende von Nirgendwo

Der Wind spielt mit seinem Haar.

In der Ferne ertönen die Sirenen.

Sie deuten nach oben.

Sie schauen ihn von unten herauf an.

Zum ersten Mal.

Haben sie Angst oder warten sie nur?

Ein kleiner Vogel setzt sich zwei Meter neben ihn.

Das blaue Licht hebt seine knöchernen Schatten hervor.

So sehr er sich anstrengt, einen Bekannten sieht er nicht.

Die Gier der Meute erschüttert seine Glieder.

Jetzt kommen sie ihm entgegen und reichen

ihm die Arme zur Hilfe!

Zur Hilfe?

Sie weichen zurück.

Selbst jetzt lassen sie ihn fallen.

Cap Frehel

Sitze auf den Klippen

und schaue hinab

aufs Meer.

Spüre den Wind

und wie ich mich selbst

verliere.

Bleibe sitzen

und beginne

es einfach zu genießen.

Daniels Schlaf

Ich muß an die Tage denken,

als Du

noch kleiner warst,

wenn ich Dich so anschaue,

Deinen Kopf auf meiner Schulter

und mir Dein sanfter gleichmäßiger Atem

einen ruhigen, geborgenen Traum

erzählt.

Gehen lernen

Die Flamme der Kerze

erleuchtete alles um mich herum

und meine Augen

sahen die Fröhlichkeit der Helligkeit.

Überraschend brannte die Kerze zu Grunde

und nach dem kurzen Glühen

des Dochtes

horchte in mich hinein.

Mitten in meiner eigenen Leere

begann ich

langsam

die mir eigene Dunkelheit

zu durchleben.

Was hast Du getan?

Zwei Jahre lang

habe ich geschlafen

und von meinen Träumen gelebt,

habe all die Ängste vergessen

mit denen ich nun

zusammengekauert in der Ecke sitze.

Hättest Du mich doch

einfach schlafen gelassen.

Zerstoben

Mein Liebe zu Dir ist wie

ein Wassertropfen.

Zerstoben

treibt er, durch den Hauch meines Atems

in der Luft gehalten,

an Dir vorüber

und ich hoffe,

dass er Dich berührt.

Wie, wenn ich Dich berührte

Hast Du einmal

gesehen,

wie mein Atem

sich auf einem Spiegel niederschlägt?

Ich hole tief Luft

und es überrascht mich

wie groß die Fläche ist,

die er bedeckt.

Aber nur kurz,

denn an den Rändern verflüchtigt er sich schnell,

dagegen,

je mehr er zur Mitte gelangt,

dauert es länger,

ganz so,

als überlege er es sich noch,

wie er sich entscheiden soll

und wenn auch noch der

verbliebene Rest,

gerade einmal so groß wie ein Fingerabdruck,

sich auflöst,

so ist am Ende

nichts geblieben,

gerade so, als hätte er

den Spiegel nie berührt.

Gefühl

Ich komme mir vor,

als säße ich in einem dunklen Raum

und wüsste genau,

es gibt eine Tür zum Licht.

Und ich sitze hier

und finde die Worte nicht,

um mir Mut zu machen

sie zu öffnen.

An manchen Abenden

An manchen Abenden,

wenn ich Zeit

und meine Ruhe finde,

erinnert mich das sanfte Flackern

der Kerzen

an längst verloren geglaubte Zärtlichkeiten;

blicke in Gedanken noch einmal

in Deine Augen

und verliere mich.

Geborgen

Meinen Kopf

auf Deinem Schoß

liege ich hier,

schließe die Augen

und höre den Wind

in den Bäumen

unseren Traum erzählen.

Abschied zu Hause

Die heiße Tasse Tee tut gut. Ich sitze an unserem Wohnzimmertisch und genieße die Wärme der Tasse in meinen Händen und die spät nachmittägliche Sonne auf meinem Gesicht.

Ich habe dir auch eine Tasse eingeschenkt, ich meinte deine Schritte zu hören, wie du langsam und immer langsamer das Treppenhaus hochläufst.

Dein Ehrgeiz erschreckt mich, wie du dagegen ankämpfst, obwohl deine Kraft langsam schwindet und du als gelernte Krankenschwester ganz genau weißt, dass deine Lunge immer weiter abbauen wird und nichts dagegen helfen wird, auch kein unbändiger Wille es zu leugnen. Die letzten Wochen machten alles schwerer und ich kann dich verstehen, dass alles zu Ende gehen musste.

Jetzt fällt mir wieder ein, warum ich so angespannt bin, unser Abschied wird am nächsten Dienstag sein. Ich verstehe dich. Ich verstehe dich sehr gut, jeder Atemzug fiel dir schwerer als der davor.

Doch sag mir, warum hast du das hier in unserer Wohnung getan, in unserem Bett? Heute Morgen warst du so aufgedreht, geradezu euphorisch, heute Mittag fand ich dich friedlich.

Wie soll ich jemals wieder dort schlafen können?

Auf dem Nachhauseweg

Als der Einsiedler wieder auf dem Weg

zu sich

in die Berge war,

wo die Sonne nur für ihn

aufging,

machte er sich große Sorgen darüber,

dass es immer noch Leute gab,

die sich nur deswegen bei ihrem Friseur

die Haare waschen ließen,

weil sie wenigstens dort

etwas Zärtlichkeit empfingen.

Barfuß

Du sagst, du würdest dich freuen,

wenn ich dir Rosen

auf deinen Weg streue.

Und vergisst dabei ganz,

dass er dadurch nur noch dorniger wird.

Dreizehn Monate

Jetzt habe ich

Nach über einem Jahr

Einen Schritt zu mir getan

und wieder einmal gelernt,

alleine zu

sein.

Damit ich nicht vergesse

An manchen Tagen,

wenn ich morgens aufstehe

und den Hauch der Luft

in meinem Gesicht spüre,

dann fühle ich mich wohl.

An solchen Tagen

entdecke ich immer wieder

das Lachen der Kinder

nach einem zärtlichen Wort,

dann fühle ich mich wohl.

An solchen Tagen

spüre ich einen Menschen

und lerne ihn zu verstehen,

nur durch den kurzen Blick in seine Augen,

dann fühle ich mich wohl.

An solchen Tagen

Erlebe ich das Blühen der Pflanzen

Und meine, die Sonne würde strahlen,

damit ich wiegende Bäume und Blumen sehe,

dann fühle ich mich wohl.

An solchen Tagen

erinnere ich mich daran,

dass diese Zärtlichkeiten nie verloren waren,

selbst nicht in solch einer Welt

dann fühle ich mich wohl.

Der Musikant 2034

Einen halben Tag ist es nun her,

dass sie ihn sich wiedergaben.

Er sitzt auf dem kalten Boden der Straße.

Allein.

Leute laufen an ihm vorüber und

denken sicherlich, er sei einer der

heruntergekommenen Bettler.

Wie lange ist es schon her, dass er das Tageslicht

von außen genießen konnte?

Er hat sich nichts sehnlicher gewünscht,

als draußen zu sitzen

in der freien Natur

und zu dem Gesang der Vögel zu spielen.

.

Jetzt könne er tun, zu was er Lust habe,

meinten sie.

Und sie gaben ihm sogar seine Gitarre.

Und er wollte spielen.

Spielen wie früher,

singen mit den Tieren und Menschen

und fröhlich sein.

Wie soll er jetzt spielen

mit abgehackten Fingern?

Der Ventilator

Da steht er oben,

blickt sich gemächlich im Zimmer um,

kommt dabei glatt ins Rotieren,

macht viel Wind um nichts

und bringt die heiße Luft zum Wallen,

brummt still und scheinbar vergnügt sein Lied,

Und schüttelt doch nur,

das ganze Elend vor Augen,

leise und langsam seinen Kopf.

Lied eines Blinden

In einem der letzten Kriege

sah ich einen Jungen an einer Mauer stehen,

die Augen zu,

die Hände zittrig vor Angst.

Er hatte keine Hoffnung mehr

seine Eltern zu finden.

Er setzte sich auf die Trümmer von Häusern,

Rauch nahm ihm die Luft.

In einem der letzten Kriege

sah ich eine Frau auf einer Wiese stehen,

die Hände gebunden,

die Füße blutig gelaufen.

Sie hatte keine Hoffnung mehr

weiterzuleben…

Sie blieb stehen, die Gewehre brüllten.

Der Krieg ging weiter.

In einem der nächsten Kriege

sehe ich Leute stehen,

die Augen auf,

die Hände frei.

Sie haben keine Hoffnung mehr.

Sie wollen den Frieden

und hoffen auf eine zerstörte Welt,

denn wo kein Welt, herrscht Frieden.

Nach dem nächsten Krieg

sehe ich keine Menschen stehen,

keine Augen,

keine Leben,

keinen Frieden,

keinen Krieg

und keine Welt,

keinen Himmel.

Mit so manchem Gedanken

Mit so manchem Gedanken

an Dich

kann ich es ertragen

hier allein

und doch nicht einsam

zu sein.

Sein wahres Gesicht

Ein Mann kam eines Morgens

in seinem ihn behütenden Bett

auf den Gedanken,

dass er auf die Straße gehen

und die Leute zum Lachen bringen sollte.

Er stieg aus seinem Bett

und ging auf die Straße;

zeigte ihnen ein ernstes,

sein wahres Gesicht.

Und alle lachten.

Tja

Ich brauche etwas Luftveränderung,

dachte sich der Hecht,

der sonst im Trüben fischte,

ging an Land und starb.

Unter Leuten

Und ich ging

mitten in das Gewühl der Straße,

spürte die Menschen

und dachte für mich,

ich lebe….

           …noch.

Zum Geburtstag

Es gibt nicht nur

an Weihnachten

Geschenke.

Und wenn

Du Deine Augen offenhältst,

laufen Dir jeden Tag

ein paar über Deinen

Weg.

Wegebier

Die Blasen an meinen Füßen sind inzwischen wieder verheilt. Die Idee, nur ein Paar Schuhe mitzunehmen, war dem mangelnden Platz in meinem Koffer geschuldet. Ich hatte schwarze Schuhe an und wie immer vergessen, dass ich mir schon seit fünf Jahren in diesen Schuhen Blasen laufe, da ich sie viel zu selten anzog. Für ein Punkrockkonzert mussten es aber schwarze Schuhe sein. Den Fehler diese Schuhe anzuhaben, bemerkte ich am zweiten Tag in Berlin, als ich die Schuhe kaum noch zubekam. Die Alternativen waren blaue Espandrills, die Anfang Dezember bei durchwachsenem Wetter, nicht wirklich eine Alternative waren. Nicht das das in Berlin jemanden aufgefallen wäre. Das letzte Mal, als ich dort war, stand noch die Mauer und ich konnte damals das Brandenburgertor nur aus der Entfernung sehen.

Es war einer meiner sehnlichsten Wünsche einmal unter diesem Tor zu stehen. Der erste Parkplatz Unter den Linden wurde genommen, nicht das ich auf dem Weg zum Tor an mindestens zwanzig freien Parkplätzen vorbeigelaufen wäre, die Freude, endlich auf dem Weg zum Tor zu sein, war viel größer als der Ärger doch so weit zu laufen. Der überdimensionale Weihnachtsbaum am Brandenburgertor war beeindruckend, genauso wie die Weihnachtsmännerdemo, die gerade stattfand. Ich lief in den nächsten beiden Stunden das komplette Regierungsviertel ab, ganz Touri, es hatte sich in den letzten 35 Jahre alles verändert. Die Stadt war nicht wiederzuerkennen.

Auf der Suche nach etwas essbaren, lief ich spät abends an diversen abgesperrten Weihnachtsmärkten vorbei und landete im Alex. Die Bedienung sprach mich nur in Englisch an und zwei Tische weiter wunderten sich zwei Amerikaner lautstark darüber, das die Angestellten alle die gleichen Klamotten und vor allem den gleichen Namen trugen. Der Abend verlief ganz entspannt. Bei meinem Nachhauseweg fiel mir zum ersten Mal auf, das einige männliche Passanten, bevorzugterweise mit Hunden an der Leine, in der einen Hand, den Hund und eine Zigarette, in der anderen Hand zumeist eine Flasche Bier dabei hatten. Am nächsten Abend auf dem Weg zum Burgeramt fiel mir das noch mehr auf. Um nicht ganz so aufzufallen, besorgte ich mir zwar keinen Hund, aber dann doch noch ein

Wegebier für unterwegs. Ich fühlte mich gleich ein wenig weniger fremd und wurde auch weniger beachtet, wenn das überhaupt noch ging. Ich kam mir vor, als lebte ich schon Jahre in dieser Stadt. Nur bevor ich die Nikolaikirche betrat, parkte ich mein Accessoire in einer Nische. Am Abend gab es dort ein Konzert mit Querflöte und Spinett. Als ich eintrat, übten die beiden Musiker gerade ihre Stücke, so dass ich in Ruhe zuhören konnte. Es waren Stücke aus dem Barockandroll, sie hatten sichtlich Spaß an ihrer Musik, die Querflötistin zeigte mit ihren einbeinigen Einlagen, dass sie sich durchaus auch mit moderner Musik à la Jethro Tull auszukennen schien. Ich hingegen freute mich auf mein eigenes Konzert am Abend.

Es war genial, versetzte mich in die achtziger Jahre und war auf alle Fälle die weite Anreise nach Berlin wert. Das die Herren in Schwarz mit 70 Jahren noch so viel Energie auf die Bühne brachten, machte einem selbst doch Mut für die eigene Zukunft. Solange man Spaß hat, geht vieles.

Auf dem Heimweg zum Hotel kam ich wieder am Alexanderplatz vorbei und schaute den verschiedensten Gruppen zu, wie sich sie in Frieden zu ihrer eigenen Musik trafen und entspannt unterhielten. Die Polizeipräsenz war nach den Weihnachtsmarktattentaten spürbar größer. Interessant fand ich, dass sie jeden Abend zu den gleichen Gruppen mit vermehrt dunkelhäutigen Jugendlichen gingen, um diese zu kontrollieren, obwohl sie nichts anderes machten, wie ihre europäisch aussehenden Kollegas.

Es ist schon richtig, dass man sich woanders gerne das eine oder andere abschaut und mit nach Hause nimmt. Das mit dem Wegebier musste ich mir aber schnell wieder abgewöhnen, ist halt dann doch keine Metropole, dort wo ich wohne.

Über dir

Du schaust stets

nach vorne

und auf die Straße

damit Du nicht hinfällst,

wenn Du durch Dein Leben rennst.

Und nimmst Dir nie die Zeit

stehen zu bleiben

und in Ruhe den

Himmel über Dir

nur eines Blickes zu würdigen.

Zweifach, dreifach, …. einfach Kind

Vergessen wir nicht allzu oft

wir selbst zu sein?

Denken und denken,

denken und sehen nicht,

verlernen zu spüren und

sind allzu oft überrascht

in einem *schwachen* Moment

zurückzufallen

in die Geborgenheit, einfach Kind

zu sein,

einfach wir selbst.

Dein Geschenk

Du

schenktest mir damals

eine Träne von ganzen Herzen.

Erst heute,

wenn ich bedenke,

wie lange ich schon nicht mehr weinen kann,

wird mir bewusst

wie wertvoll Deine Träne ist,

die ich von ganzen Herzen bewahre.

Dass Du das wirklich tatest

Dass Du das wirklich tatest.

Hättest du doch angerufen,
aber ich hätte wieder einmal doch nur
keine Zeit gehabt,
wenn Du mich überhaupt erreicht hättest.

Hattest Du vielleicht?

Jetzt stehe ich hier,
schaue zu Dir hinab,
warte auf Antwort

und kann das alles nicht fassen.

Das Wort

An einem bestimmten Tag

lief der Vater,

zärtlich die tote Tochter auf dem Arm,

an den Steinen entlang.

Oh Vater,

drang die Stimme seiner Tochter

an sein Ohr,

kannst du mir überhaupt noch sagen,

welches Wort

vor dem Kriege in aller Munde war?

Tödliche Hoffnung

Ein Junge saß vor nicht allzu langer Zeit

hinter einer moosbewachsenen Mauer,

die ihm Schutz bot

vor all den Gefahren, die auf der anderen Seite

der Mauer auf ihn warten können.

Doch wie der Junge so dort saß,

an seinem angestammten Platz,

befiel ihn ein befremdendes Gefühl

der Einsamkeit,

so dass er voll Zögern

es doch einmal wagte

seine zarte Hand durch ein kleines Loch

in der Mauer zu strecken,

mit der Hoffnung, dass sie eine zärtliche Hand berühre.

Doch die Kälte auf der anderen Seite

fror ihn von innen aus.

Auf der Insel

Der roten Sonne entgegen

könnte ich auch in die zu erwartende Dunkelheit

endlos diesen stillen Strand

entlanglaufen.

Warum nur zog ich mir in diesem

fast perfekten Moment

nicht meine Schuhe aus und lief

nach Monaten wieder einmal

barfuß im Sand?

Oh happy day

Ich sitze in meinem neuen Schwingsessel gemütlich mit einem irischen Whiskey in unserem neuen ausgebauten Dachgeschoss und genieße auch die Musik von meinen alten Schallplatten. Nach über zwanzig Jahren hab ich die alte Anlage wieder einmal aus dem Keller geholt und höre Musik, die es nicht auf CD oder in einem der Streamingportale zu hören gibt.

Langsam driften meine Gedanken zurück und mir fallen wieder Bilder aus meinen Kindertagen ein. An Heiligabend besorgte mein Vater wie jedes Jahr den Weihnachtsbaum. Es ist mir ein Rätsel, wie er es immer wieder schaffte einen Baum zu kaufen, der mit dem grünen vierfüßigen Ständer mit Wasserreservoir genau unter die Decke passte. Jedes Jahr stand ein Prachtbaum in unserem Wohnzimmer und wurde von uns drei Kindern mit silbernen und roten Weihnachtskugeln vorsichtig verziert, selbstgebastelte Strohsterne und die elektrischen Lichter, die die echten Kerzen Anfang der siebziger Jahre abgelöst hatten, wurden angebracht und schimmerten mit ihrem Licht in den vielen Lamettasträngen, die dem Baum eine besondere Ausstrahlung verliehen.

Jedes Jahr stand mein Vater nach einer Weile im Wohnzimmer, genoss sein Glas Racke Rauchzart aus der Bleiglaskaraffe frisch in seinen Tumbler eingeschenkt und betrachtete den Baum, wenn wir Vollzug meldeten. Dann holte er zum Entsetzen meiner Mutter die rote Rosenschere aus der Garage und nahm sich die Haushaltsleiter, stellte sie neben den Baum, kletterte hoch auf die Leiter und begann unter den tränenreichen lauten Protesten meiner Mutter Jahr für Jahr den gleichen Frevel und schnitt die Spitze des Tannenbaumes ab.

Meine Mutter erfreute sich über die Schönheit eines Weihnachtsbaumes mit echter Spitze und wollte sie behalten. Mein Vater hingegen krönte unsere Schmuckaktion mit dem Kappen des Baumes, und während sich die Weihnachts-stimmung meiner Mutter in Tränen auflöste, der Raum sich mit dem harzigen Tannenduft des Baumes füllte, steckte mein Vater den silbernen Stern auf die Spitze der Tanne, ohne die eine Tanne, für ihn, kein Weihnachtsbaum war.

Die Stimmung war im Keller, wie jedes Jahr, und das änderte sich auch nicht bei dem guten Essen, das es vor der Bescherung gab. Es gelang uns Kinder nie, das Christkind zu sehen, auch wenn wir noch so schnell ins Wohnzimmer rannten, wie wir konnten, nachdem wir das feine Glöckchen vernommen hatten. Die Geschenke lagen unter dem Baum und warteten auf uns und wir warteten auf meinen Vater, der bevor wir auspacken durften, uns alle um den Baum versammeln ließ, den roten Telefunkenschallplattenspieler anmachte und *Oh happy day* von Edwin Hawkins & Northern California State Youth Choir auflegte und mitsang. Ich habe erst nach Jahren erfahren, dass das nicht wirklich ein Weihnachtslied war.

Für uns war es das. Und alle Jahre wieder war es am Ende dann doch noch ganz schön.

Besser

Es ist besser

die Ausnahme zu sein,

als immer wieder

die Regeln zu brechen.

Brief an mich selbst

Da lag nun das weiße Blatt

vor meinen Händen

und ich war unfähig auch nur ein

einziges Wort zu schreiben.

Zu mir fiel mir nichts ein.

Drehte meinen Kopf

und blickte in ein Paar Augen,

verlor mich nach kurzer Zeit

im Spiegel meiner selbst.

Das Leben

ist viel zu ernst,

als das man keinen Spaß daran haben sollte.

Briefe

Briefe

habe ich dir schon lange

nicht mehr geschrieben.

Es fällt mir schwer, mich

in Worte zu fassen.

Wenn Gedanken dich erreichen könnten.

Was von mir...

Was von mir bleiben wird,

sind eure Gedanken

an mich.

Und sollte sich ein Lächeln

auf euren Lippen zeigen,

ist alles gut.

Facetten von Dunkel

ISBN: 978-3-752942-68-2
Preis: 10, 95 €
Softcover
164 Seiten
BV 2031

Auch als eBook verfügbar.

Facetten von Dunkel ist eine Anthologie aus dem Baltrum Verlag, die aufgrund einer Ausschreibung von verschiedenen Autorinnen und Autoren mit Texten versehen wurde.
Dunkel ist ein spannendes Thema für jede Künstlerin und jeden Künstler. Und natürlich sind es auch die Leserinnen und Leser, die sich dieses Themas immer wieder stellen müssen.
In diesem Buch finden Sie Kurzgeschichten und Lyrik.

Wo ist hier der Notausgang?
Susanne Speth

ISBN: 978-3-752942-87-3
Preis: 12,95 €
Softcover
208 Seiten
BV 2011

Auch als eBook verfügbar.

Wo ist hier der Notausgang?
Susanne Speth nimmt uns auf eine wilde Fahrt durch
Politik, Aktuelles, Vergangenes, Alltag und damit das
Leben im Allgemeinen mit. Ihre Kurzgeschichten sind
mit allerlei Humor, aber auch tiefem Ernst garniert. Es
macht Spaß und doch auch nachdenklich.

Eine Anthologie aus dem Baltrum Verlag.

Urlaub mit Freunden

von

Andreas Berg, Martina Raguse, Kathrin Thiemann, Nadejda Stoilova, Eva Greif und Matthias Deigner

Anthologie mit Kurzgeschichten

Preis: 12,95 €
Seiten: 200

ISBN: 978-3-752948-02-8
Auch als eBook verfügbar

Vier Autorinnen und Autoren, die sich 2016 kennen, haben ein Buchprojekt gestartet. Urlaub mit Freunden zeigt eine Fülle aus unterschiedlichen Sichtweisen auf dieses Thema. Und wie das Leben, so ist auch der Urlaub mit Freunden, abwechslungsreich und unterschiedlich.

Ob Drama, Trauer, Liebe, Witz und viel viel mehr, all das finden Sie in dieser Anthologie mit Kurzgeschichten.

Druck:
Customized Business Services GmbH
im Auftrag der
KNV Zeitfracht GmbH
Ein Unternehmen der Zeitfracht - Gruppe
Ferdinand-Jühlke-Str. 7
99095 Erfurt